静心

はじめに

人間、誰しも歳をとる。歳を重ねて老いる。長寿を生きる人も、その域に届かず死を迎える人もある。人間、誰でもその人の持つ天運なのか、生得なのか。人はそれぞれの人生を生きる。

時は既に「百歳時代」だと言っている人もいる。確かに百歳超の人が増えている。私もその傾向は暫く続くことだろうと思っている。

しかし、人の老い方、歳の重ね方は、まして人の日々の生き様は千差万別、皆違っていると言えるだろう。

或いは低すぎる、或いは早いとか言われるかも知れないが、私は敢えて長寿と呼べる年齢を、少なくとも米寿に達した人、卒寿を超えた人（とりわけ男性）を思い描いている。

さてここで長寿老人の日々の暮らし方を考えてみよう。
・家族と共に住み、家族の介助、更には多くの人々の恩恵を受けて過ごしている人も多いことであろう。
・施設での日々を送っている人もあろう。
・或いは連《つ》れ合《あ》いと別れての一人暮らしの人もあろう。
・中には子供を介護しながら、それこそ苦闘の日々を重ねている人の話も聞く。その老人の日常や如何にと、遠く身知らぬその人の日々にふと思いが走るではないか。
・勿論他にも、夫々《それぞれ》に違った生き方で日々を送っている老人も多いことだろう。
・そしてまた夫婦共に老い、共に介護老人として生きている人もいるだろう。
そうだ、ここに登場するのが、その介護老人、その人である。
その人は、何と四千日余に及ぶ長い長い老々介護の日々を生き続けたのである。そして二〇二二年一月、連れ合いの妻を失って独人になった。その人は現《い》在《ま》も生きている。

「一人暮らしの老人」として生き続けている。

その老人、一介の高齢老人こそが「私」である。

振り返れば遠い遥かな日々、老々介護のそれは今となっては命懸けの、それこそ毎日が充実した幸せに満ちた日々であった。苦労などそんな気持ちは微塵もなかった。よくぞ二人で生き抜いたものだと嬉しい思い出なのである。

私は今、往時に思いを馳せ、四千日余の日々の実像と、一人居《ひとりい》の日常を有りのまま吐露して、妻を偲ぶよすがとしたいと希《ねが》っている。

そしてこの書を私の「人生の賦」として亡き妻に捧げることができたらまさに望外の幸せこれに過ぎるものはない。

老いを生きる　目次

老いを生きる

第一章　老々介護　――四千日――

さて、人はいつ頃から老いを感ずるのだろうか。

自分の老いに気付き、老いを自覚するその年齢は勿論人さまざまで一様ではあるまい。ピンからキリまで大差があり、このような問いかけ自体が愚問の謗《そしり》りを免《まぬ》かれず、馬鹿げた問いかけと一蹴《いっしゅう》されるかも知れない。とは言え私にとっては、とても愚問として片付けられぬ重大な課題だったのである。

当時私達夫婦は既に二人ともに老人であり、病人であったのだ。にも拘らずその意識は乏しく自覚など皆無と言ってよかった。

「病気はそのうち必ず治る」

と訳もなく信じ切っていて、健康については今になって思い返せば腑抜《ふぬ》けたように全く無頓着《むとんじゃく》だったとしか言い様がない。余りの無知放漫《むちほうまん》に実に忸怩《じくじ》たる思いで恥じ入るばかりである。


二〇〇九年四月十八日――日記――

家内同伴で井原医院へ、先週の私の検査結果を聞く。ＣＲＴ（炎症反応）を除きほぼ良好、安堵を覚ゆ。だが咳は止まらず、服薬継続、家内については所見に特記事項無し。それにしても、とうとう夫婦で医者通い、薬頼りの季節となりたるか。

（ホームドクター井原医院・院長井原徹太氏・二十年来の健康にかかる一切の措置をお願いしている絶対信頼の有能医師なり）

帰り際に医師が小さな声で「奥さんは認知症です」と耳打ちをした。

当時、私は七十九歳、先生のお陰で遅巻きながら病《やまい》を知り老いを識《し》り、人間・人生の四季の移ろいに与《くみ》して考えるようになったのである。

——人間・人生に四季あり
但し繰り返し無し——

この四季への思いは、その後の私の暮らしの中に、新たな広がりを与えてくれたと言って過言ではない。

その頃以降の日記には随処《ずいしょ》にこの人生の四季に係わる記録が見られる。

ここに二〇〇九年四月二十二日（水）の日記を認《したた》めてみよう。

白い大輪の牡丹が満開、傘の下雨の中で最後の美粧《びしょう》を見せているようだ。

自然の四季は繰り返す。来年もまた咲くだろう。

だが人間の四季は一度切り。

我等夫婦の季節はこの花のような時はとうに過ぎ、再び帰り来ることはない。我等の季節は既に秋、せめて柔らかな斜光を浴びて楽しむを以って良しとせよ。

△
△
△
△

もう一度振り返ってみよう。

私達夫婦にとって二〇〇九年は共に本当の老境を迎えていることを強く認識させられた年だったと言えよう。

いや、もっとはっきり言えば、既に老いの季節にある自分、そして老いゆく日々に否応なく迫って来る恐怖を覚えさせられた年だったと言わねばなるまい。

さあ、これからだ。総てを克服して健全な老々介護の日々とせねばならない。その待ったなしの現実と真正面から対峙した年だったのである。

私は変わった。日常の暮らしへの私の心の姿勢が変わった。老いを確実に正しく受け止め、万遺漏《ばんいろう》なく日々に対処し、集中して家内の介助に万全を期す、と心に決めたのである。

いや決めざるを得なかったのだ。

——人間、心が変われば　それまで
見えなかったものが　見えてくる——

家内に声をかけて朝の目覚《めざ》めを促す。

とんでもない時間がかかることが多い。食事の時に頻繁に咽《むせ》ぶ。飲み込む力が衰えているのか。お喋《しゃべ》りの際の声や目の動き等々、深夜の挨拶まで一日の全部を見極める。そんな日常となった。

今まで見たこともなかった老いの様態が見えてきたのだ。驚きであった。家内はこんなに衰えていたのか。

体躯を動かすことは至難、まして立つ力など皆無である。

こうして家内の体調が今までと違って明確に私の心の鏡に映るようになって、家内に対処する私の姿勢が変わった。

「もう少し元気を出せよ」「シャキッとしようぜ」などとかけていた私の言葉は消えた。

朝の目覚めに何時間かかろうと、食事にどれだけ手がかかろうと、それが家内の生き様なのだ。そこに家内が生きていれば最高だ。

私の介護の苦労など、その何倍も家内の方が辛く、寂しく、哀しさを味わっているに違いない。

家内は自分が生きておれば、主人も生きてくれる。長寿を生きてくれる。家内は苦しくっても自分が生き続けることで、主人の背中を押してやることになる。そう思っているのだ。

そう思えば思う程、思いやり薄かった自分が情けなく、家内に心より侘びる気持ちが募《つの》ってくる。愛《いと》しさが溢れてくるではないか。

私はまた改めて介護に徹し家内を甦《よみがえ》らせるぞと誓った。祈った。

その時から私の日々は「真の老々介護の暮らし」になったのである。


二〇一〇年四月二十五日（日）——日記——

記憶装置が壊れた人間との会話はチグハグで円滑な意思の疎通は難しい。

ほんの少し前に摂《と》った食事も、人物、風景も直ぐ脳裡から消えている。その時家内本人はどんな思いで居るのだろうか。ママよ淋しいか。

家内の心の内を推察したら様子を見守っていると堪《たま》らなくなってしまう。

だがそのような総てと折り合いをつけて日々の暮らしを重ねていると、その日々こそ正常健全な日常になってくる。幸せな日常になってくるではないか。

――老々介護とは心大きく、
　折り合うことなり――

「時」は容赦なく過ぎてゆく。総ての出会いも、想いも何もかも過去のものにしてしまう。「時とは一体何なのか」とふと言いたくなってしまう。

時とは総てのもの、一切の上に君臨する「絶対」なのだろう。この絶対には何人《なんぴと》といえども逆らうことは不可能だ。

その絶対が老いを行く人にはとりわけ情け容赦なく降りかかって来る。そんな気がするのだ。

過ぎゆく時を、半年、一年と隔てて見ると歴然と老いの進行が映る人間は考える。考えざるを得ないのである

まさに――老いの日々は
　思うことのみ多し――である。

そうだ、それでも生きてゆかねばならぬ。老いの進行は自然の摂理であり、考えても、どんなに思ってみても詮《せん》ないことである。

先ず、これからの老いの日々を如何に暮らしてゆくかである、

私はその暮らしに対応する肝心の要諦《ようてい》を掲《かか》げたのである。必死であった。

要諦七ヶ条——
一、老いと仲良く折り合え
二、何が起ころうと恐れず、総てを受け容れる大心を持て
三、午前零時を「夫婦の儀式」の時と定め、介助行為と豊富なお喋りをせよ
四、心きいたケアマネジャー、国や地域の介護支援を快《こころよ》く受けよ
五、何でも話せる信頼のホーム医師を持て
六、近所に頼りになる人を得よ
七、興味の持てる遊びを考察せよ（ことわざ遊び、パズル等）
この要諦七ヶ条はそれからの日々の私の支えとなった。順調に時は過ぎ、充実して幸せな日々が続いた。

時は二〇一一年、この年三月十一日はM９の東日本大震災が発生した。家内にはその地震の記憶はない。幸いにも我が家は無事無疵《むきず》であった。本当

にお陰様であった。
その時、私は家内の体調、震災のニュースで膨れ上がる災禍に深く思いを走らせていたらしい。

人の世は　川の流れか　飛ぶ雲か
どこで果てるも　惑いこそすな

黄昏《たそがれ》の　身であればこそ　より深く
心に愛と　美を希求《ねご》うなり

こんな歌を詠《よ》んでいる。いよいよもって気持ちが揺れていたのであろう。無茶苦茶な歌だが、後になって読み返しても、これで良しと思った。

心が揺れていたら揺れているままに詠むが良い。悲しかったら、寂しかったら、その心のままに、そのまま歌にすれば良い。歌の良し悪しは別、ただ一途に歌に集中して心を凝視《みつ》めていると、何か心の中にひどく静かで穏やかな場所を見つけたような気持ちになる。

そうだ、自分だけの静謐《せいひつ》な安息の館《やかた》なのだ。そこでは新たな愉しみや目標が生まれる。

だが矢張り俄仕立《にわかした》てで恥ずかしさは隠せない。

老いを行く　仲間よ我れに　教えかし
何を得て日々　支《ささ》え耐えるや

厚かまし　詩《うた》よむ柄《がら》か　愚《おろ》かしさ
この上なきや　憚《はばか》りもせず

以下の歌も粗雑《そざつ》ながら、心は今も誡《いまし》めとして鮮やかで確かな存在である。

ひとしきり　詩歌《しいか》をひねり　それなりに
纏《まと》めて老いの　夜を紛《まぎ》らす

ひと捻《ひね》り　二捻《ふたひね》りして　詩《うた》つくり
寝《い》ねやらぬ夜の　老いのひと時

ともすれば　心萎《な》えんと　する日々を
生き抜くための　老いの鞭《むち》かな

△△△△

ともかく二〇一一年（平成二十三年）は事多く、思い多く、まさに多事多難の年であった。前に記した通り、東日本大震災に見舞われた国難の年であった。そして私は、突如として襲いかかってくるひきつり、両脚の強烈な痙攣《けいれん》と痺《しび》れ、膝関節《ひざかんせつ》の疼痛《とうつう》と、それはまさに体躯全部が痛みの巣窟となったのである。それでも一日たりと怯《ひる》むことはなかった。ひたすら家内の介助に専心充実の日々であった。

重度の介護老人である家内が俺の庇護の下で、そこに恙《つつが》なく生きている、それだけで私は満たされていたのである。

そしてまたこの年は、家内の介護体制が一新された年でもあった。

① ベッドを電動にした

② 車椅子

③ 週二回のデイサービスへの通所

特にデイサービスへの通所は効いた。それはデイで終日傍に居て、家内の世話をしてくれる友人に恵まれたから叶ったこと、更にデイ職員皆さんの献身的な介助の賜物であり、ただただ感謝に堪えない。

こうして暫く緊張の中にも平穏の日々が続いた。生き甲斐のある日々であった。そして事多き二〇一一年も過ぎようとしていた。

それがまた追い打ちをかけるような事件が発生したのだ。この年十一月三十日のことである。自転車で走行中に転倒し、腰椎体骨折、約三ヶ月間のコルセット生活を余儀なくされることとなったのである。

さすがにショックを受けた。痛かった。介助にも支障をきたすことも屢々《しばしば》であった。だが体の全部が不自由な家内の心中を思い、満足気に臥《ふ》している姿を見ては「何と辛《つら》いことだろう、どんな思いで俺を見ているのだろうか」などと思いが家内の心中に飛ぶのである。

さて日々は休みなく過去のものになって消えてゆく。老いも進んでゆく。今年の老いの体躯は去年のそれとは違っている。だが二人で老いを確かめながら生きている。

「ママとパパは一緒、俺が死んだらママも終わり、ママが終わったらパパはやることがなくなってしまう。失業することになるなぁ」と笑ったりする。

そんな日々が二千日近くも続いたか。充実介護の日々であった。

自分に向かっては我武者羅《がむしゃら》に激しく鞭を当てる日々が続いた。思い多い日々。

自分に向かって叫び続けた日々。

肚を据えねばならぬ。生きねばならぬ。

人生　行客に似たり
両足　歩を停むるなし

（中唐の詩人　白居易）

月日は　百代の過客にして
行きかう年もまた旅人なり
（芭蕉『奥の細道』）

静かに瞑想してこんな名句に心を癒《い》やし、心を広げる。
老いは全くその人を待たず、その進行を停めることはない。

△△△△

デイに行く日の朝、ヘルパーの介助を得て食事を終え、身繕《みづくろ》いを済ませて車椅子へ、これは私の力では叶わないのである。玄関で暫く迎車の到着を待つ。脚力に乏しい家内を車に乗せるのは大変な作業である。何回も有難うの声をかけながら、車に抱え上げられる家内の様子を見る。

発車する車に手を振って、通りの向こうに見えなくなるまで見送るのである。「今日もよく行ってくれた」と胸を撫で下ろす。「無事でありますように」と祈るのだ。

そしてふと思う。私と同じような日々を送っている人も多いのではないか。その人達はどんな思いで、どんな送り迎えをしているのだろうか、と身知らぬ同僚達の上に思いを馳せたりする。

矢張り仲間が居ると思えば心強いのである。

デイの日以外の朝の目覚めは遅く、食事の時間がずれてしまう。ヘルパーの居ない時間帯では正にお手上げだ。

だがその都度思う、「それで良いのだ、命に別条無し」と逆に家内を褒《ほ》めてやる。

家内は平然として実に悠々たるものである。これが認知に係わる病の表出の一つなのかも知れぬ、と私自身の認識を新たにする。話が少々チグハグだろうと、声を出してくれる。それで良い。食事を摂ってくれる。

手間暇かかっても薬も飲んでくれる。

家内のそれは上等の認知症だとまた思う。

ただ家内には病気の認識は全く無い。家内に対しては認知という表現も一度も口にしたことはない。そのことはいまでも良いことだったと思っているのである。そしてこの対応は家内の病状進行を鈍らせるに大きく効果を発揮したのではないかと信じている。

△△△△

さてここではっきり言っておきたい。

――老衰が進んだ人間にとって、体調の急変は、常に或る日突然なのだ。いや毎日が突然なのである――と。

二〇一七年四月十九日（水）――日記――

家内の体調急変、体温三八度四分、直ちに井原医院に電話、時を移さず院長来着。診察の結果、高熱はB型インフルエンザが因《いん》、直ちに先生自ら病院（メディカルセンター）への連絡と入院手配、救急車と万事遺漏《いろう》なし。本当にお陰様であった。

ホームドクター井原徹太院長の間髪を容れぬ対応措置が家内を救ったと言っても過言ではない。

家内もよくぞ高熱に耐えてくれた。入院後の恢復《かいふく》は極めて順調。五日後の四月二十四日退院す。

△　△　△　△

その後の老々介護も格別の変化もなく穏やかな日々を重ねていった。だが九十三歳を超えた家内にとって、日々の老弱化の波は厳しい。

高齢者の老弱衰退化は自然の結果であり、医療の力は届かない、厳しい現実ではないだろうか。

それでも、その現実を何とか阻みたい。何か楽しく脳を刺激する遊びはないものか、と考えたのが「ことわざ遊び」であった。そしてこの遊びを持ち出した最初から、驚く程の反応を見せたのである。一ヶ月程も過ぎた頃には、ヘルパーや看護師達も従《つ》いてゆけない抜群の反応を示すようになった。家内の応答する声も大きく晴れやかであった。私は三百題にも及ぶ「ことわざ集」を作った。嬉しく楽しい介助作業であった。

ここに簡単なものを少々挙げてみよう。

・三人寄れば――文殊の知恵

・歳月――人を待たず
・雀百まで――踊り忘れず
・栴檀《せんだん》は――双葉より芳ばし
・一寸の光陰――軽んずべからず
・虎穴に――入らずんば虎児を得ず
・朝顔に――釣瓶《つるべ》とられて貰《もら》い水
・李下に――冠《かんむり》を正さず
・人間万事――塞翁《さいおう》が馬《うま》
・泥棒にも――三分の理

家内の応答率は殆《ほとん》ど百点。家内の生き生きとした対応振りから、健康維持に確かに効果があったと言える。而《しか》も長く続いたのである。

因みに新聞の折り込み広告の裏紙《うらがみ》を束ねた「ことわざ集」は今も残っている。

だがそんな老々介護の日々に再び「突然」がやって来た。

高齢老人にとって、体調の急変は常に「或る日突然」なのである。


二〇一九年七月二十七日（土）――日記――

（深夜午前〇時、家内ＭＣ（メディカルセンター）に入院）

夕刻の食事は順調、九時近く容態急変。

体温三八・三、井原院長に緊急連絡。先生早々に来診、直ちに入院の手配、救急車等々の対応は見事、病院は前回と同じＭＣ、翌朝三時まで待って家内の容態を確認す、帰宅四時。


今回もまた井原医師の緊急対応措置に救われり。

二〇一九年七月二十八日（日）――日記――

昼、日中、夕刻、三回家内を見舞う。声をかけたが反応を見せず。まだ幻夢の世界を漂っているのか。熱が平常に下がっており心強し。

二〇一九年七月二十九日（月）――日記――

（ママ覚醒す　午後一時、歌声を発す）

担当医に面談、病は誤嚥性：右下葉肺炎との事。ママ高原列車の歌を聞く。よくぞ今度も甦ったことぞ、ママ偉いぞ、息子達、井原医師に状況連絡。

二〇一九年七月三十日、三十一日。

連日、ＭＣにママを見舞う。

二〇一九年八月一日（木）――日記――

家内の夕食時に病院へ、完食、完治近しと感ず。我れ本人の体調悪化、熱発　風邪？　担当医より週明けにも退院かと説明を聞く。


二〇一九年八月五日（月）――日記――

ママを見舞う、我れ本人の体調悪化、担当医に外来受診を依頼す。検査（採血、X線、CT、検痰etc）を終え、続いて点滴治療を受ける。


二〇一九年八月八日（木）――日記――

（昨日ママの点滴器が外された。肺炎は完治）

主治医よりママの退院可能、ただし吾輩の風邪と盆休を考慮し十三日まで退院見合わせとなる。心遣いに感謝す。

二〇一九年八月十三日（火）――日記――

ママ退院す（十一時、神山ＣＭ（ケアマネージャー）に感謝）。

ママの健康回復は実に立派、入院前に変わらぬ容態なり。

後は我れ本人の風邪退治のみ。


一人静かに二人の人生を想う。

「人生とは波立つ大海を浮き沈みゆく旅か」

そして二人共に九十歳を超えた長寿の老いを思う。

△　△　△

二〇一九年十一月二十日（水）――日記――

午後、井原医師の月往診を受ける。彼の適切な配慮・診療のお陰で夫婦ともに長寿を頂いていている。深く深く感謝するのみ。

深夜、おむつ替えの時に体力が萎えたのかママ床にへたってしまう。我れに如何とも為す力なし。星野様に合力を懇請す。お陰様で大禍を免かれる。それにしても己が体力の衰退、愕然《がくぜん》たり。

なお、こんな日は決して特別ではない。否応なく日常的になってゆく。ヘルパーや看護師ほか多くの人達の介助支援なくては過ごせない。だが全時間を共にしているのは相棒私一人のみ。

一人が一人を看る。これが「老々介護」なりと思う。「一人と一人だぞ、お前はひたすら強く生きてゆかねばならぬ」自身に鞭を打つ。

今日も良く生きた、そう思って眠りについた。

二〇一九年十二月四日（水）――日記――

深夜一時、家内のおむつ替えと会話の時間である。蒸しタオルで手と顔

を拭いてやる。「気持ち良いだろう」少しだけ頭を動かす。生命《いのち》の話をする
「パパは枯れるように死ぬのが最高だと思うよ」。返事は無い。「どっちが先に死んでも困る、悲しいよなあ」すると返事が返って来た。「一緒がいい」とママが声を出す。家内はいま正気なのに違いない。

本当に一緒が最高だと思う。頭の中に多くの思いが走る。廻る。家内の顔を窺い目の動きを見る。澄んだ目である。今日は快調なんだと思う。「今日の看護師さん、ママのがこんなに沢山出ました、と言ってウンチを掌《て》一杯に見せてくれたよ、良かったなぁ」ママは少し頷いて微笑を見せた。

今日は良かったと思う。これがずうっと続いたらいいと思う、そしてまた老々介護の日々を思う。

そして老々介護とは、

――究極の思いやりだ。絶対愛《ぜったいあい》だ――

と確信する。そしてまた老いを思う。

高齢になる程に、老人を乗せた列車は速度を上げる。待ってはくれない。停まってもくれない。停まる時は、とてつもない危険信号が点《つ》くのである。

△　△　△　△

二〇二一年四月二十一日（水）――日記――

その赤信号が点いた。昨日までデイの日は欠かさず、体調に格別の変化はなかった。だが曲者の異変が突然やって来たのである。

「ヘルパー来援、検温三八・九度、直ちに井原医師に通報。午後二時来着し診察

夕食後、再び体温上昇、冷やし続ける。

幸いにして少量の水分、服薬ができた。深夜のおむつ替えの時間、家内は喘ぎ、肩で息をしている。苦しみの中で昏酔《こんすい》状態の様子だ」

その日は徹夜で朝を迎えた。一生懸命に耐えている家内の手を握り、肩を

抱いて「頑張れよ、もうすぐ先生が来てくれるからな」と声をかける。一緒に苦しんでやろうと思う。

家内は生き続けた。凄いと感動す。

二〇二一年四月二十二日（木）――日記――

早朝、井原医師、看護師帯同で来着、直ちに防護服に身を固めた二人、コロナ猖獗《しょうけつ》の時期なのだ。診療・検査、更に点滴治療と懸命な対応に、「これ以上の措置はないだろう」と深い安堵と感謝を覚ゆ。

その日、家内は昏酔を続けた。熱もあまり下降せず、今夜も徹夜だと覚悟する。

二〇二一年四月二十三日（金）――日記――

朝九時、ヘルパー来援　体温三九・一度。井原医師に電話、昨日の検査結果はPCRは（陰性）、高熱は肺炎と血糖値の超上昇の故だと伝えられる。早々に入院手配を進めて頂き、前回と同様MCに救急入院が決定す。

井原医師のご尽力、ただただ有難し。

（夕刻、娘純香、熊本より飛来）

コロナ禍の事態の中で家内を看ることも叶わず、我が家に在り、ただ祈るのみ。

死んじゃ駄目、死ぬなよ!!

死ぬなかれ　死んではならぬ　人生の

値打ちは如何に　生き抜くかこそ

人生の作品とは言えぬ　まだ半端《はんぱ》
共に生き抜き　仕上げて逝《い》こう

妻よまだ　花は幾つも　飾れるぞ
生きて大輪　咲かせて逝《ゆ》けよ

二〇二一年四月二十五日（日）――日記――
娘は母親に会えぬまま熊本に帰る。
この日、四都府県緊急事態が宣言された。

二〇二一年四月二十八日（水）――日記――

病院の主治医より電話、今日から口から食事を摂る訓練を開始の由、心強い朗報である。夜、気持ちを直接家内に伝えたいと考え手紙を認《したた》めた。看護師達から家内に読み聞かせて貰いたいと考えたからであった。

二〇二一年四月三十日（金）――日記――

病院の主治医より来電、肺炎は治癒している。これから家内の声を聞かせるという。

「ハーイ　元気ですよ」

何としっかりした声ではないか。医師の配慮に深く感謝。

（ママよ　今度も蘇ったね、偉いぞ、本当に立派だ――心深く胸に刻む）

二〇二一年五月三日（月）――日記――

医師より電話、検査結果、数値は上々の由、家内の声を聞かせて頂く。「ご飯はこれからです」と健康的な張りのある声であった。

△△△△

入院して十二日が経過した。家内は順調に快方一本道を辿っている、そんな思いで過ごしていたが、どっこい世の中、そう甘くはない。何と言っても九十四歳という長寿老人だ。再び曲者が襲いかかってきても不思議ではない。正に暗転《あんてん》の電話であった

食べ方の改善は極めて困難だという。

五月六日（木）のことであった。

声は出せても、飲食する力とは別なのだ。確かに夫々別の機能なのだろう。

思うこと多い一日、明日医師と面談。

二〇二一年五月七日（金）。

医師の言、次の如し。今後一週間を目途に飲み込む訓練を重ねる。今回も誤嚥性肺炎《ごえんせいはいえん》であったのだ。食事を口から摂れるようになったら全快。医師の真摯《しんし》な対応振りに深い感動を覚ゆ。その夜また家内へ手紙を認《したた》めた。

手紙は三回書き届けた。看護師の皆さんが何回も読み聞かせ、その度に嬉しい反応を見せていたので、良い刺激を与えたようだと、退院時に看護師の一人からチラッと状況を聞くことができた。

その手紙は三通とも退院時の諸物袋の中に収められていた。

その手紙の一通をここに記しておこう。

ママよ、パパの声だよ、先生から聞いたが、すごく元気になって、ものも言え、御飯も食べられるようになって来ているんだと。先生の言葉、本当に

嬉しかった
今度もママは見事に蘇える。パパは信じているんだ。必ず。じゃあな、早く帰って来い、そして「只今戻ってきました」と言うんだぞ。待っている。じゃあな。

二〇二一年五月十九日、退院。

二十五日間の入院であった。

五月十九日、家内が無事に生還し、希望に満ちた日常が始まった。だが現実はひどく違ったものであった。厳しい老々介護の日常となったのである。大変な変化である。

一、車椅子は利用不可
二、デイサービスへの通所取り止め

三　家内の入浴は看護師の判断を実行
四　排便は週二回、看護師の処置
五、ポータブルトイレは使用不可能
とに角、家内の体力減耗度《げんもうど》はひどく、その所作を見て私は決定的な覚悟を決めた。

二人の残りの人生は知れている。さればこれからの日々は自分の総てを賭け全力投球で介助に集中しよう。俺の体力の全部を投入するぞと。

何と言っても二人合わせて百八十五歳、重度の介護老人の家内を、全身筋骨疲労しているというか、全機能衰退症の夫が介護するのである。正に「重度の老々介護」と言えるだろう。

否応《いなおう》なく人生に対峙《たいじ》し、一日一日を生きてゆかねばならない。

二人が出会った日から七十二年、携《たずさ》えて六十五年、遥かな、営々として築いてきた人生ではないか。

家内は今度も甦り、還《かえ》って来た。家内は二人の長寿の証《あかし》、象徴なのだ。そこに家内が居る。生きている。時に声に出して反応し、微笑さえ見せてくれる。その現実だけで堪《たま》らない幸せなのだ。

だがそれも思い出となり、カケラとなって消えてゆく。矢張り人生とは遂《つい》には幻夢なりか。

いま私は終わりを告げる足音が聞こえてくるような、人生の摂理に対峙している。

戦い、悩み、折り合い、自分を納得させて矛《ほこ》を収める。それが老いを生きゆく者の姿なのであろう。

——人生・老いを生きるは
己れとの戦いである——

よくもまあ　地獄の釜の　蓋《ふた》あけて
戻りし妻よ　奇跡なるかな

人の世は　塞翁《さいおう》が馬と　洒落《しゃれ》こんで
生き抜く人こそ　真の達人

おいママよ　日付け変るよ　年齢が
今日《きょう》また増えて　自己ベストだよ

生きている　それだけで良い　吾が胸に
幸極《さちきわ》まりて　君を抱くなり

老いの坂　どこまで続く　どこまでも
手を携《たずさ》えて　地の果てるまで

老弱を　気にする勿《なか》れ　端然《たんぜん》と
思い定めて　老いを生き抜け

何語《なにかた》る　かぼそき声や　妻いとし
力尽きてか　目を閉じしまま

哀しさの　中にも愛と　美しさ
共に希求《もとめ》て　老い果てゆかむ

老い果てる　日まで幾何《いくばく》　願わくば
従容《しょうよう》迫らぬ　心域《しんいき》や欲し

人として　日々願望《ねが》い来し　大成を
果たして飛天《ひてん》の日を迎えたし

老いの身の願望《ねが》いは一つ　逝くその日
大河の如く　流れゆきたし

思いは決まった。肚が据わったというか、己れの中に確信が納まったのだと
言っていい。
生命《いのち》が持っている或る決定的な力の故《せい》かも知れない。
人生、斯くの如きか!!

△　△　△

さて介護の日々は少しずつ微妙な進行と厳しさを見せながら過ぎて行った。

充実体制で臨《のぞ》んだ日々は、発熱は頻発しながらも、その都度ことなきを得て平穏であった。

だが家内の衰退化、矮小化は覆《おお》うべくもなかった。


二〇二一年八月九日（月）――日記――

オリンピック、日本の金メダルは金二十七、銀十四、銅十七、合計五十八個、史上最多。

日本凄いじゃないか。褒めてやろう。とママの手を握り、肩を抱き腕をさすった。限りなく余りに細く、骨と血管と皮だけの感じ、筋肉の感触は無い。

それでも家内は生きている。

静かに家内の人生、生涯を思う。持てる体躯の力の全部を出し切って終わる。凄いと思う。美しいと思う。

この日、娘が熊本より飛来。細い声ではあるが家内の歓迎の弁、心は確かに動いている。

体温は夜に入って上昇、三八・一、下熱剤、夕食は娘の介助のお陰か完食。

二〇二一年十月十日（日）――日記――

（MCに再び入院（四回目）す）

前夜からの家内の体調、好転せず、体温三八度を超える。だが娘が居る家の何と心強く清々しく感ぜられることか。

体温は夜に入って更に上昇し三九度を超えた。井原医師に通報し、応変の緊急措置によりMCに入院となった。娘が付き添った。

ママよ、平安であれ、ただ祈るばかり

翌、二〇二一年十月十一日（月）――日記――

娘は早朝四時まで病院に詰めて帰宅。熱は下がり、はっきりした反応を見せた母だったと状況報告。

娘は昼、熊本への途についた。


二〇二一年十月十三日（水）――日記――

九時を廻った頃、病院からの電話で担当医師の声。続いて家内の声「パパ、ハーイ」の一声であったが体調が窺い知れた。医師の配慮に感動す。順調に行けば来週退院できようとの声を残した医師であった。


二〇二一年十月二十日（水）――日記――

（千恵子退院す、午前十一時帰着）

病院での手続き一切を終えた嫁（恵美子）が付き添い、介助員に抱えられてベッドまで運ばれて来たのである。

よくぞ蘇ったものぞ、四回目の生還、まさに奇跡と言わねばなるまい。背《せな》を抱き「お帰り」と言う。目を開いて頷《うなず》く。「これからもっと世話をかけても良《い》いんだぞ、ずうっとパパが傍に居るからな」と語りかけた。

今までになく心が晴ればれとなった。

一日に感謝する。


この日から、我が家はまた一段レベルを上げた介護体制の日々となった。
① インスリン注射（看護師）
② 投薬の変更、連発
③ 飲料缶詰（エンシュア）栄養吸収
等々である。家内にはしかし「飲む力」はほんの僅かしか残っていない。

二〇二一年十二月十一日（土）――日記――

夕食の前、ベッドを立て起こしていると「死にたい」と言う。家内の表情は真顔である。

確かに生きているんだと強く思う。「俺も同じ、一緒だよ」と答えて家内の安堵を促す。死と向き合って生きているんだ。家内は頷いて頭を少し動かした。日付が変わる時間帯である。

ベッドの傍に居て家内を見守り、遥かな二人の人生を思う、生涯を想う。

――人は誰でも　人生という作品を
　残して死んでゆくのだ――と。

その日からも家内は更に生き続けた。

毎日が奇跡である。

自分が生き続けることで俺に仕事をさせ続けているのか。俺の背中を押し続けている積もりであろうか。

老弱に　怯《ひる》むことなく　二人して
幸《しあわ》せ抱き　希望《のぞ》み抱きて

△　△　△　△

二〇二二年　元旦（土）――日記――

子供達全員が集う。孫達はコロナ禍を考慮して集い叶わず。「お目出度うの式」

二〇二十二年一月三日（月）――日記――

ママさん目出度く九十五歳の誕生日

夕刻、ヘルパーの介助を得てケーキにナイフを入れ、灯《ひ》を点《とも》す。家内はいくらか唇をすぼめてキャンドルに近づいたが、灯は少し揺れただけ。消えぬまま細《ささ》やかな誕生日祝いの言葉を交わす。

今日も恙なく、祈りの中で過ぎた。

この日はとりわけ家内の調子の良い一日であった。

深夜の二人の儀式の時となり、おむつ替えと蒸しタオルで顔と手を拭いてやる。

「どうだ、気持ちが良いだろう。今日は誕生日、よかったネ」

すると「済みまあア。パーパ、パーアーィ」と僅かに声にした家内。細やかな声が二度程聞こえたが終わった。精根尽きたか、胸が詰まった。何と言ったらよいのか。

ママは本当によく生きている。毎日が奇跡である。これが究極の老いを生きている人間の、まさしく〔究極の老いの標本〕だ。

こんな日が三週間程も続いたか、だが家内の声を聞くことはなかった。看護師の検温、インスリン注射、医師の来診措置、手厚い医療の日が続く。

私は終日を介助に集中。

だが、遂いに終焉《しゅうえん》の日が来た。

二〇二二年一月二十四日（月）――日記――

遂に夜が明けるまで家内の傍に居て体調を見守る。何回も検温し、氷を当て、呼吸の様相と咽喉音に怯《おび》えながら、顔に手を当てて声をかける。呼び続けるも反応なし。

九時三十分看護師（杉平）来たり体調を井原医師に連絡　心肺停止愈々近

しか。
時来たる――その思いにせがまれ、家内の頭を腕に巻いた。静かな時が流れた。家内の体温はそのまま腕の中にあり。

井原医師来たり診断　死亡確認

千恵子　午後〇時三十七分に死去
　満九十五歳二十日

人は必ず死ぬ。「生者必滅《せいじゃひつめつ》・会者定離《えしゃじょうり》」である。「人生の掟《おきて》」なのだ。

老い足りて　眠りに眠り　醒めぬまま
終りてなおも　我が胸にあり

脈薄《みゃくうす》く　喘《あえ》ぎ乱れる　呼吸《いき》の音
果てる日近き　妻の気高《けだか》さ

老い深く　終《つい》の日知ってか　端然《たんぜん》と
微笑《えみ》さえ見せる　すがた尊《とうと》し

生き死にの　思い超えしか　淡然《たんぜん》と
生き続けいる　妻の容姿《すがた》よ

よく生きた　よくやったよと　死の迫る
妻への声や　涙あふれて

パパと言い　愛と言いつつ　逝《ゆ》きし妻
あまりに哀《かな》し　悲し過ぎるよ

生きながら　仏《ほとけ》となりし　妻なりや
その穏やかな　顔や尊し

九十五歳　旅路の果ての　杖おいて
遠き別れを　告げし妻かな

老い果てる　極《きわ》みまで耐え　生涯を
閉《と》じし我が妻　見事なるかな

パパ愛と　喘ぎし声で　言いし妻
うんうんとただ　肩抱きしめる

亡き妻の　ことわざ遊び　この一語
人間万事《にんげんばんじ》　塞翁《さいおう》が馬

逝く者は　斯くのごときか
昼夜をやめず
——孔子——

見岳夫婦との思い出

（井原医院、院長　井原徹太）

見岳夫婦とはもう30年前からのお付き合いです。お二人は月に一度、いつも一緒に通院されていた仲の良い夫婦でした。奥様の千恵子さんは平成28年頃から通院困難となり訪問診療を開始、老々介護が始まりました。ご主人の昭夫さんは「いい意味での頑固おやじ」で、自分の意志を貫き通します。昭夫さんの「最後は絶対に入院させたくない。先生にすべてお任せするのでこの部屋で看取ってください。その際はこの部屋を病室だと思って自由に使ってください」との一言は強烈に覚えております。通常の老々介護では、患者さんの状態が悪化した場合は施設入所か入院という流れになるのが一般的ですが、昭夫さんは「自宅での看取り」の強い決意を表明されました。もちろん何が何でも自宅で看取るのではなく、急変しても良くなる可能性がある場合は入院させることが前提です。その後、２回の急変時は入院し無事退院できました。しかし、３回目の急変時は流石に入院しても回復は難しそうであったため、自宅での療養を行い看取ることができました。千恵子さんも最後は自宅で昭夫さんに看取られ、安心しきった顔で逝かれました。

第二章　独り暮らしの日常　――妻逝きて――

妻は逝った。老々介護の日々は終わった。

それに二人が出会った日からの七十三年、相携《あいたずさ》えてから六十五年の歴史も終わった。

その歴史はひたすら充実の日々、幸せの歳月であった。私は一人、その歳月への思いと歴史に秘かに別れを告げたのである。

いや告げようと努めたのである。長い貴重な歴史も、昨日のことも、何もかも総て束の間の過去のように消えてゆく。

哀楽《あいらく》も　喜怒《きど》も残らず　押し流す
時の力の　凄《すさ》まじきかな

音もなく　姿も見せず　束の間に
飛びゆく時よ　どこに行き着く

自然に四季があるように、人間にも四季がある。人間の四季にはアンコールは無い。二度と繰り返しは効かない四季である。

私はその四季が今大きく移り変わろうとしているように思われる。

妻の四季は人間終末、滅却《めっきゃく》の四季。

私の四季はどんな移ろいを見せる四季なのか。それは人生のギアチェンジの四季かも知れぬ。まさに

「今我れ一人　懸崖《けんがい》に立つ」

心境であった。厳しい気概が求められる四季である。家内は逝った。失うものは何もない。お前はひたすら生きれば良い。よく妻と語った敦盛の究極不動の心域《しんいき》を心として生きよ、肚《はら》を据《す》えてゆけ。ただ鞭を当て続けたのである。

――揺曲、幸若《こうわか》――敦盛《あつもり》

人間　五十年
下天のうちにくらべれば
夢まぼろしの　如くなり
一度《たび》　生を受け　滅せぬものの

あるべきか
滅せぬものの　あるべきか

故人の名句に心を開かれ、時に歌詞に集中し、最早失うものなしの心境にあって、私の独り暮らしの第一歩は意外とサバサバとして穏やかなものであった。

とは言え、一番大切な支えを失った亡失感《ぼうしつかん》。寂寥感《せきりょうかん》は激しい。体の中に空洞ができているように頼りなく不安の襲来に怯えたことも確かである。だが斃《たお》れてもなお為さねばならぬことが私にはあったのだ。それが私を救ってくれた。それは、妻の葬送の行事を無事に為し終えねばならぬことだった。

一月二十四日　妻死去

一月二十六日　我が家より告別式場の霊安室への移送
一月三十日　告別式
三月十一日　四十九日　法要
同日　納骨式（二度栗山墓苑）

妻はお墓の人となった。遠い別れである。

墓誌に左の惜別の辞を刻んだ。

ひたすら舞踊への愛を貫き、
ひたむきに家族を支え、育《はぐく》み、
人への思いやりと　絆と　感謝を大事に
生涯を生きた

千恵子　此処に眠る
千恵子よ　ママよ
偉かったぞ　立派だったよ
ママ　長い間　本当に有難う
有り難う
令和四年（二〇二二年）三月十二日　　パパ　昭夫　記す

紡《つむ》ぎ終え　旅路の果ての　九十五歳
妻よ見事だ　長寿の華《はな》だ

消えやらぬ　妻逝きし日の　面影よ
微笑《えみ》さえ見せて　花に埋《うも》れて

これで第一段階の仏事は滞《とどこお》りなく終わった。

多種多様の諸事一切が、嫁と娘の献身の努力で見事な進捗《しんちょく》を見せたのである。

嫁よ、娘よ、有難う。本当にご苦労だったね。

今思えば、その折の私は、未だ心定まらぬまま、ただ飄然《ひょうぜん》と構えていたのかも知れない。

△△△△

さてここで私の「独り暮らしの日常」の始まりに触れてみよう。

二〇二二年二月二日（水）――日記――

気配り一杯の働きを続けてくれた娘にはただただ脱帽だ。長い間の逗留を切り上げ、娘は昼過ぎに熊本へ発った。

到々《とうとう》俺は一人になった。井原医師来たり、ワクチン（三回目）接種、今後の診療について話し合う。

さあこの日から私は「本物の独《ひと》り暮らしの老人」になった。その思いが胸深く沁《し》み込んでゆくようであった。

その沁み込んだ思いと、老々介護の緊張を解《と》いた妻の死への思いが交錯する。

ひどく割り切れない日々が続いた。

法要を終えた夜の娘とのお喋りの時、話は矢張り家内のことに向かって、何となく「矢張り死とは消え去ることなり」かと言葉に出した。その私の言葉に対し娘曰《いわ》く「思いは消えず」。その娘の言葉は、現在《いま》も私の脳裡《のうり》から消えていない。

そうだ孔子様も言っている。

「いまだ生を知らず、

いずくんぞ　死を知らん」と。

とに角、如何に問うとも、人生に答えは無いということなのであろう。

斯《か》くの如く私の独り暮らしの始まりは暗中模索《あんちゅうもさく》というか、自問自答の中からであった。

それでも何か凭《よ》り掛かっておれる軸になるものがある筈だ……と私は懸命であった。

踠《もが》いた。空しさと戦ったのだ。その日々は「私は本当は、ひどく弱虫ではないだろうか」と思ったり、堪らない日々であった。

これからを　如何に生きるか　日常に
思いめぐらし　こころ正《ただ》して

老い深き　独り暮らしの　人達よ
聞かせ給えよ　日々の営《いとな》み

世の定め　人は本来　無一物《むいちぶつ》
欲しがる勿《なか》れ　甘えちやならぬ

老い深く　生命《いのち》と向き合う　友垣《ともがき》よ
日々の思いの　話ききたし

亡き妻の黄泉路《よみじ》の旅よとこしえに
安らぎあれと　今日も祈りし

恙《つつが》なく　今日も暮れたと　告げるとき
妻の遺影《いえい》に　笑み綻《ほころ》びぬ

庭に咲く　花を供えて　亡き妻に
良い香りだろ　覚えているか

のったりと　老いの一日　過ぎ行きぬ
雲の流れに　春を想いて

訪ね来る　人あればこそ　動き出す
お陰様だと　老い生きる日々

ここにずうっと昔読んでいた立原道造の詩集『萱草《わすれぐさ》に寄す　暁《あかつき》と夕《ゆうべ》の詩』から、その一節だけ記させて頂こう。これは妻も大好きだった、昭和二十八年版の詩集である。因《ちな》みに本の定価百八十円、立原の押印がある。実に懐しい思い出深い本である。

夕映の中に
私は　いまは　夕映の中に立つて
あたらしい希望だけを持つて
おまえのまわりを　めぐっている

不思議な　とほい　人生よ　おまえの……

△△△△

ともあれ私の生活も「独り居の日々」から「独り暮らしの日常」として板についてきたようだ。少々恰好よく言わせて貰えるならば「妻逝きし直後の虚脱《きょだつ》の海」を乗り切ったということである。

そこで私は、往時老々介護の日々に備えた要諦七ヶ条を焼き直して、次の五ヶ条の規律を自らに課したのである。

〔独り暮らしの日常・五ヶ条の規律〕

（一）　甘え心は大敵、強く生き抜く　信条を持て

（二）　我れなりに応じた柔軟体操三回

（三）　誤嚥《ごえん》に気をつける（老いが進めば飲み込みが下手になる）

（四）　朝の大気を迎えて部屋を換気
（五）　心に戒律を持て
①　欲をかくべからず
　　謙虚　を旨とすべし
②　小さな幸せを大きく喜ぶ
　　感謝の念に徹すべし
③　対鏡言《たいきょうげん》を大事に守れ

と、まあ几帳面に自戒の気持ちを込めて掲げた〔五ヶ条の規律〕であったが、理想と現実は大違い、さて実行となると、なかなかにうまくはいかない。恥ずかしながら五ヶ条の三つが関の山、ただただ恥じ入るばかり。

だが矢張り無いよりまし、たとえ過ぎたるは及ばざるが如しと雖《いえど》も少しは役に立っているように思っている。

とかく杓子定規《しゃくしじょうぎ》通りにはゆかぬのが世の中・日常というものか。
謙虚も過ぎれば損をする
時には甘く見られ
自ら卑屈《ひくつ》にもなりかねない。
強く生きれば疎《うと》まれ
欲をかけば恥をかく
不満が湧く
小さな幸せと言っても
得心するのは困難《むず》かしい

こんな具合だから、人の心は奥深く厄介な代物だと言わざるを得ない、いや、
だから人生は面白いのだ、と私は秘かに思うように努めている。

そして、己れが周りの人の助けを得てこそ生きている現況を考え、斯く肝に銘じている。
〔老いたる者、須《すべから》く小欲に徹すべし〕と。

人生は　待つこととなりと　見つけたり
待てば我が事《こと》　全て得心

泣き言を　言うなと強く　我れに言う
老いの一日　首肯《うなず》くのみか

我れなりに　得心のゆく　人生に
したいと念願《ねご》うは　ちと欲張りか

△△△△

それから二十日程が過ぎていった。心の悲歎《ひたん》の色も徐々に褪《あ》せてきた。
五ヶ条の規律も、あまり重荷に思えなくなった。雨があがり、晴れ間見る天候に変わってきたのである。

二〇二二年三月十一日（金）――日記――

人は多く支えられて生きていく。大事を為し遂げた人には、必ず力強い支《ささ》え人《びと》がいた。英雄になった人には勿論、歴史が証明している。そして誰にも居るのだ。俺には妻がいた。生涯を支えた妻、有難う。

俺は一人で未来への日々を刻んでいかねばならぬ。まさにリセットした日常を確立していかねばならぬのだ。
静かに、思い多い一日であった。

久し振りに筆を執《と》った。実に懐しく若返った気分にさせられた。
よし、これなら生きてゆける!!
老人は老人なりに生きればよい。
大成とはいかぬまでも、人として熟成してゆく日々を生きる。それでいい。
人として生きてゆく目標を持つ、
目標が価値を生む。力を与えてくれる。
「生きた顔になり」、「老人の顔になる」それが「人間の顔だ」と。
何とまあ、大層な御託を並べて面白がる日常ではないか。
その日私は「静心」、「熟成」と大書した。

その日、私は一廻り人間として大きくなったような気がした。広い気持ちで爽快であった。

△△△△

そしてより強く「目標」を持つことが老いの日々に生き甲斐と充実感、そして何より、そこから楽しみ、幸せ感が生まれる。とりわけ老いゆく人間は、楽しい日を重ねねばならぬ、その為の自らの目標を持つことだ。

私はここで新しい目標を掲げた。

今までに憧れながら為し得なかった作詩である。

△△△△

二〇二二年三月二十七日（日）——日記——

ヘルパー来援、心底《しんてい》落ちついて悠然の朝食。人として生きる毎日を思う。

終日ギアチェンジの中味を。具体化を思う。「人として」とは何を意味しているのか。

「九十二歳の誕生日、沁みじみと長寿を実感す。一人だけの誕生日は初めてである」

生き死にを　問うも詮《せん》なし　世の常ぞ
九十二歳は　言うことなしか

ここで言っている「長寿の実感」とは、「人としての資質こそ長寿の重さ」だと考えてのことである。

九十二歳を迎えた己れに、また新たな目標を与えられた思いの誕生日であった。

「人として」とは誰でも普通に使っている言葉である。人としてとは当たり前のことなのである。

或いは浅学の誹《そし》りを受けるかも知れないが、これに率直に答を出した人を私は知らない。ただ私は、私なりに「人間の資質の琴線」、「淵源《えんげん》そのもの」を指しているのではないかと思っている。

これはまた場違いの例かも知れないが、その琴線に触れていると思われる故事を挙げてみよう（戦国時代・武田家滅亡の歴史にある高僧の偈《げ》として広く膾《かい》炙《しゃ》されている）。

心頭滅却《しんとうめつきゃく》すれば　火もまた涼し

我等常人にとって、ここまで「人として極限の悟《さと》り」に達することなど及びもつかぬこと。私は秘かに胸深く畳《たた》んでいるのみ。

ここでいま少し、老人の一徹として我儘《わがまま》を許し頂き筆を進めてみよう。

「人間の真価」　安岡正篤著――百朝集――

人間の真価を直接に表すものは
・その人の所持するものではなく
・その人の為すことでもなく
・唯その人が有る所のものである

そして「有る所のもの」とは「自然がその人の中に、その志を成し遂げた人のことだ」と説いている。

「少年よ　大志を抱け」

Boys, be ambitious.

Be ambitious not for money or for selfish aggrandizement,

not for that evanescent thing which men call fame.

金のためではなく、利己的な功績のためではなく、

人が名声と呼ぶあのはかないもののためでもなく、

少年よ大志を抱け。

1. noblesse oblige

高い身分には　道徳上の義務あり

2. executive　実行者であれ
3. Democracy Duty　民主主義は　義務なり

「少年よ大志を抱け」の言葉は、北海道の天空を指して屹立《きつりつ》しているクラーク博士の像の姿とともに私の憧《あこが》れであった。

そして今「人として」を考えるとき、とりわけアンビーシャスを大志と訳した日本人の感性を、私は流石《さすが》だと嬉しく思っている。

更に「大志」の下に掲示した三つの英語は、いずれも一九八〇年代に交流深かった米国人の言葉である。いかにも洗練された明晰《めいせき》の紳士であった。

この三つの言葉は日常会話の中で発せられたものであるが、いずれも「人として、あるべき、為すべき」心の有り様を表しているように思われるのである。この御仁《ごじん》のことは、遠く、懐しく、有り難い存在として今もその思い出は消えていない。

ここでいま一人「目標が価値を生む」を語るに欠かせない人物を挙げねばならない。

その人の名は、宇田川潤四郎（一九〇七年生）。私より二十三歳の年長者であるが、戦前戦後の同じ世代を生きた御仁である。

伝記によれば、彼は昭和二十一年（一九四六年）に家族を帯同して満州より引き揚げて来て、焼け残った上野駅に着いた。駅舎を出て目の当たりにした風景は、焼け野原の街にたむろしている何十人もの蓬髪《ほうはつ》の浮浪少年の姿であった。息子（長男・潔）は、その時の父の様子を「強く衝撃を受けたようだった」と述べている。

その時、彼は胸中に走った「少年問題」への思いをたたみ込んだのだ。

伝記には、その時の自身の心境を「靖国神社の前で『米国の少年裁判所』っていう書を買ったのは、何か神の引き合わせではないか」と語っているとある。その時から彼はひたすら少年問題への研鑽入魂《けんさんにゅうこん》の日々を過ごしている。そして彼の心に燃え続けた人としての崇高な目標（夢）は結実し、遂に家庭裁判所の初代所長となり、家裁の父と呼ばれるようになった。

彼は自らの思いを果たし、見事に我が事成れりと六十三歳の生涯に終止符を打ったのである。

彼が残した家庭裁判所の国としての役割の大きさを思うとき、私は「目標が価値を生む」の信条に思いを馳せながら、潤四郎氏の人としての心の高さ、深さが一層強く窺《うかが》われ、ただただ畏敬の念を禁じ得ない。

さて、私と『家庭裁判所物語』との接点は、潤四郎氏の二男（宇田川浩）にある。

私と浩君は四十五年以前に、二年間職場を同じくした仲間である。その折、丁度時を同じくした人達で、その後首都圏に永住するようになった仲間十五人程が、年に一度集会を持って久闊《きゅうかつ》を叙《じょ》し、互いの健在を喜び称《たた》え合う会を作っている。

嬉しいことには十五名は全員揃って健在であり、そのことがまた会の誇りなのである。

「人生は縁の仕組みだ」というが、この会に集まる時は何か格別に深い人間の生きている絆を感じられ、良《い》いですね……。

宇田川浩君はその会の重鎮の一人、流石《さすが》に父潤四郎氏の心の命脈を受け継いでいる心豊かな人材で、人生を語り合う私の最高の友である。

そして私はこの会の最後に、「皆さん、全員が私を超えよ、自らの長寿を全《まっと》うせよ」と叫ぶのである。最高の喜びであり、これは長寿者として皆から頂戴している稀有《けう》の賜《たまわ》り物だと心より感謝を捧げているのである。

最後になりましたが、宇田川潤四郎氏を世に出された明晰慧眼《めいせきけいがん》の著者・清永《きよなが》聡《さとし》氏に深甚なる感謝と敬意を払いたい。どうかこれからも永くご精進され大成を遂げられますよう心から祈念申し上げる次第である。

第三章　一人暮らしの日常　――リセット挫折――

――災厄は常に
或る日突然なり――

二〇二二年四月十日（日）。

気付いた時、痛みの海に横倒れていた。多分上がり框《かまち》を踏み外したのであろう。激痛に耐えながら這い上がったとき、午前九時、ヘルパー来着、井原院長も間もなく来着し、直ぐ救護入院の手配、緊急措置は万全。

日曜日であったが、病院の対応は迅速であった。時をおかず点滴治療が開始された。さすがここは救急対応が整った病院であった。夕刻には私は平常通り考える力が戻っていた。コロナ禍の中である。私には祈ることのみ。
本当に突然の大負傷であったが、ヘルパーの来訪、井原医師の適切な迅速処置、入院先にこの急性期医療の病院を選んで貰ったこと等々、その後の一切の出会いに恵まれた、ならばこそ俺は救われたのだ、と幸運を思い、感謝の念を強くした。

二〇二二年四月十一日（月）——日記——
午後二時から手術と告げらる。（人工骨頭挿入術）
午後六時頃になったか、我れに返る。
痛みは無い、まだ薬が効いているのか。
尿管が通された。体は身動き叶わぬ状況にて施錠されているような思い。
——運命を天に委ねる他に途なし——長い夜の時間、ただ寸断なく遠い過去の思い出や風景が去来《きょらい》した。今までにない出来事であった。亡妻や子供達、空き家になっている我が家のことなどと切りのない夜であった。


翌、四月十二日（火）。

朝第一回目の食事、脱糞の気配の無かったことが細やかな救いであった。夕刻、一回目のリハビリ、その措置の早さには驚くばかり也。


翌、十三日（水）。

点滴治療が終わる。リハビリが午前と午後の二回となる。息子の罹病の報、気を揉むのみ。


翌、十四日（木）。

尿管が外された。重症棟から一般棟へ部屋替え。一切の措置が超早いのが現代外科なのだろう。

看護師や介助職員が多く部屋に出入りするが、皆がマスク顔で同じく見える。

この四日間の痛み具合、痺《しび》れ具合は震度で言えば4度位か、と自分なりに安堵する。

二〇二二年四月十五日（金）――日記――

恵美子（嫁）十一時頃に来院、だが面接できず、コロナの陰性証明が無いことが理由だという。切ない話ではないか。小物や日記帳を持参してくれた。三時間もかけて世田谷から、而も息子重篤の病人を抱えてのことだ。嫁の心中察するに余りあり、胸熱くなる。

夕刻、初めて主治医の来室を受ける。症状は順調快癒、手術は成功だとの言。

病院の暗くなった長い夜、止めどなく湧出《ゆうしゅつ》する思いを、思いのまま歌にして集中、時の経過を忘れた。自分に許されているのは思うことだけなのだ。

二〇二二年四月十六日（土）――日記――

昨夜から強くなっていた痛みが振幅《しんぷく》を倍加させている。だがリハビリにも耐えた。

娘（純香）より電話にて、明日さいたまの家に行くと言う。心安まるニュースであった。長い夜である。思うこと、考えることしかできぬ長夜の時間を、仰臥して乱書《らんが》きした歌をまとめた。ここに少しだけ記してみよう。

わけもなく　体躯《からだ》消えたり　目覚めれば
痛みの海に　横倒れ居り

倒れし日　出会いに天佑《てんゆう》　なかりせば
生命《いのち》果てたか　運命《さだめ》を思う

リハビリの　痛みに耐える　しかめ顔《つら》
芝居の面では　何に当たるや

看護師も　誰もかれもが　マスク顔
子等にも会えぬ　コロナぞ憎し

無念なり　トイレの処置も　他人《ひと》まかせ
屈辱《くつじょく》あわれ　生唾《なまつば》を飲む

排泄《はいせつ》は　せめてトイレで　果たしたい
願望《ねがい》とどけよ　祈《いの》り叶えよ

これ程に　痛《いた》められても　まだ足りぬ
これが修行か　覚悟きめねば

人生の　リセット成るや　リハビリの
鬼の扱《しご》きに　耐えて起《た》つべし

傷《いた》みより　更なる痛み　排泄の
恥辱に耐えて　天を見つめる

苦しみの　坩《る》堝《つぼ》に喘《あえ》ぐ　代償《だいしょう》は
ありや幾何《いくばく》　吾が明日《あす》からに

大禍でも　老いの身故《みゆえ》では　許されぬ
己《おの》が迂闊《うかつ》で　鐙《あぶみ》はずせり

病床の　夜の長さに　追い描く
遠き想いよ　余りに多し

くたばつて　病院の日々　さらばさて
縛《しば》られ地蔵《じぞう》と　笑っているか

人生の　四季いま巡《めぐ》る　時なるぞ
肚《はら》据《す》えて待て　嵐去るまで

人生に　生き死に何ぞ　問う勿《なか》れ
九十二歳は　天の恵みか

老いの身の　下《しも》の世話する　看護師は
天の使いか　その手尊《とうと》し

△　△　△　△

二〇二二年四月十七日（日）――日記――

介助を得てではあるが、トイレまで往き自力で処置ができた。一段と明るい気分になる。純香より電話、家のチュウリップをママの墓に供え、供物も替えたと言う。

二〇二二年四月十八日（月）――日記――

娘、来院して諸物を届け、面談叶わぬまま去りたり。リハビリ、X線撮影。

二〇二二年四月十九日（火）――日記――

担当医来たり、六時頃の突然の来室なり、手術は「人工骨頭挿入術」と称すると言う。

二〇二二年四月二十日（水）――日記――
痛み去らず。リハビリに耐ゆ。夜の長い時間、頭が冴《さ》えて困却す。
妻逝きし日のことを思う。夫を看病し、親にも心を巡らす嫁の心情を思う。
激しく。

△△△△

手をとれば　頰《ほほ》を抱けば　温《ぬく》もりは
今なお冷めず　亡妻《つま》を想いて

煌《きら》めいて　天に誘うか　亡き妻の
想いを星に　遠き別れを

有難うと　共に交わせし　あの夜より
十日と待たず　妻逝きにしか

死を知って　残せし愛の　一声《ひとこえ》よ
その心根《こころね》の　愛《いと》しさに泣く

逝く時は　一緒と誓いし　夫婦だよ
何故死に急ぐ　我れを残して

手と頬の　温もり消えず　今もなお
遠き別れの　あの時のまま

愛の声　残して逝きし　妻なりき
心の内よ　何と哀《かな》しき

吾《あ》子《こ》襲《おそ》う　猛獣《もうじゅう》のごと　病《や》みの牙《きば》
父の祈りを　容れて収めよ

病い得し　吾子よ己れを　信じ切れ
天の裁《さば》きは　無罪放免《むざいほうめん》

夫《つま》を看る　嫁の明るい　声愛《いと》し
父をも励《はげ》ます　心情《こころ》憶《おも》いて

危機に立つ　恵美よ今こそ　心して
化身《けしん》の如く　夫《つま》を抱《かか》えよ

夫《つま》を看る　嫁の心中　如何ばかり
ただひたすらに　誠心《まこと》尽《つく》せり

人生に　寄り添い尽くす　嫁ありて
その思いやり　哀《かな》しき程に

寝《い》ねし我れ　為す術《すべ》もなく　ひれ伏して
吾子の病いの　平癒《へいゆ》祈りぬ

吾子よ聴け　現代医学と　天運に
命委《ゆだ》ねて　明日《あした》を想え

今日もまた　思うことのみ　多かりき
取留《とりと》めもなく　人生を問う

二〇二二年四月二十五日（月）――日記――
嫁、来院し、面談十五分、待ちに待った面談の時間であった。
X線撮影、恐らく最終診断であろう。

二〇二二年四月二十六日（火）――日記――

午後になって息子、嫁、娘と立て続けに電話が入った。何《いず》れも月内に退院となろうとの病院側の回答だと言う。

夕刻、病院の職員来室、退院後の日常環境等につき説明あり、多用、充実の日であった。

杖歩《つえある》き　五〇歩できたと　胸おどり

明日《あした》は如何《いか》に　希望《のぞみ》　いや増《ま》す

退院の　その時いまだ　来たらずか
ゴールデンウィーク　そこまで来てる

一日《ひとひ》でも　我が家に早く　戻《もど》りたし
庭の草々　花々達よ

病院を　去る日は明日《あす》か　久びさの
全身浴の　お湯しぶき哉《かな》

遠き日々　机ならべし　友逝きぬ
思い果たした　旅立ちならん

友逝くも　偲びて語る　友は無し
一人黙《もく》して　往時《おうじ》を想う

流れゆく　病院の時　いち早く
過去となれかし　傷痕もなく

病い得て　ふと懐《なつ》かしき　故郷《ふるさと》の
野山の景色　想い出《い》でくる

白山に　子等と遊びし　遠き日よ
這《は》い松わたる　雷鳥《らいちょう》がいて

谷渡る　山彦に子等　ときめきて
声を限りと　山路はねゆく

遠き日は　帰らぬものと　知りつつも
歌に託して　想い走らす

傷癒《きずい》えて　我が家の庭に　立ちたれば
種でも播《ま》かむ　未来信じて

時季《じき》くれば　芽も出る花も　咲くだろう
俺の病《やま》いは　さて何時《いつ》消《き》える

清《すが》すがし　全身浴《ぜんしんよく》の　湯《ゆ》しぶきよ
哀《かな》しき程に　感謝身に沁む

二〇二二年四月二十七日（水）――日記――

医師来室、退院の太鼓判の声あり、リハビリの仕上げだ。階段の昇降運動に大汗をかく。

この日、静かな病室の夜、退院を控えた昂揚感もあって、眠りが訪れず、何故か遠い幼少期の故郷へ思いが走った。
九十年近くも昔の故郷（長崎県北高来郡長田村、現在「諫早市長田町」）への懐かしさが込み上げてきて停まらない。
ここに遠い往時への望郷の歌を認め、深甚なる愛郷の念を伝えたい。

老い病みて　夢故郷《ふるさと》へ　走るかな
青い山野よ　輝く海よ

懐しき　郷里《さと》への思い　誰一人
余りに遠く　語る人なし

とこしえに　父母《ちちはは》おわす故郷よ
久しき愛よ　永遠《とわ》に尊し

九十年　遠く懐し　故郷の
有明け干潟　むつごろ達よ

有明けの　干潟はいまも　生きてるか
むつごろ達よ　赤貝達も

遠い日々　干潟に群れし　むつごろう
今も元気か　はぜや仲間と

懐しさ　この上もなし　故郷よ
干潟の海よ　有明けの海

遙かなる　故郷憶い　詠む歌に
我れたゞむせび　瞳とじたり

遠き日に　想い走れど　老いし身は
今なにを為す　術《すべ》問うばかり

故郷を　想えばそこに　父母の
姿浮びて　我れを凝視《みつ》めり

故郷は　永遠なりき　父母が
我が内に在り　我れを祈りて

故郷は　永遠《とわ》に変らぬ　父母よ
心の微笑《えみ》よ　その眼差《まなざ》しよ

永遠なる故郷に捧ぐ

第四章　復活・一人暮らしの日常
――大道を往かむ――

二〇二二年四月二十九日（金）――日記――

この日、東大宮MCを退院す。

嫁早々に来院、世田谷の家を暗いうちに起きて駈けつけてくれたのであろう。嫁には手数ばかり掛けている。看護師の支援を受け順調に門外の人となる。丁度二十日間の入院生活であった。

嫁に車椅子を押して貰い、午前十一時、門扉《もんぴ》の外に出た時の大気の味、自由の味とでもいうのか、心が躍《おど》った。思わず嫁とグータッチ。その一瞬の思い、何に譬《たと》えむ。

時は今　五月《さつき》の盛《さか》り　頃や良し
晴れの退院　いざ立ちゆかむ

一人居《い》の　暮しの始め　皆々の
思いや如何に　覚悟構《かま》えり

頂いた　自由一杯　生き行こう
我が家の日々に　夢を広げて

これからを　如何に生きるか　夢えがき
思いめぐらす　この楽しさよ

詠んだ歌とは言っても、この歌が退院の日、門扉を出たあの一瞬の喜びを謳い上げ得たわけではない。あの一瞬の感動・昂揚感《こうようかん》は何にも譬《たと》えようのないものであった。

二〇二二年四月三十日（土）――日記――

与えられた自由が小さく、どんなに狭いものであっても、夢だけは大きく描いて実現しよう。強く思い続けた嬉しい一日なり。井原院長の早々の来診あり。心強し。

井原医師のその心遣いというか思いやりの深さに何と言って感謝の意を表せるか、私は言葉を持っていない。本当に有難うとの言葉あるのみ。

また早速顔を見せてくれた多くの人達に接し、深く深く我が身の幸せを胸に刻んだ一日であった。

だが夕刻、左大腿筋に痛みが走る。歩行に危険を感じた。自由に動ける日常・健康の日常にはほど遠しか。

この日が四月三十日、四月最後の日であった。

萎《な》え揺《ゆ》らぐ　足どりされど　前に行け
斃《たお》れてのち熄《や》む　気概《きがい》つらぬけ

△
△
△
△

いざ退院、久し振りの我が家。

時は草々、花々の生い繁る五月、再び取り戻した一人暮らしの日常である。

ひたすら「これからの日々」に希望《ゆめ》を抱いて始まった日常であった。

そして家族、友情、多くの人々の思いやり、その心と絆に支えられて現在《いま》の自分がここに在るのだと深く胸に刻む。感謝と喜びの日々であった。

と同時に、加療《かりょう》の間の筋骨衰退と併せて、災禍の傷痕《きずあと》の大きさを沁《し》みじみと思い知らされた日々でもあった。

これで良いのだ、仕方のないことだ、自然の成行《なりゆ》きなのだ、と思う他に術《すべ》はない。

二〇二二年五月十八日（水）――日記――

嫁八時過ぎに到着、退院後第一回目の受診日、世田谷を暗いうちに出発したに違いない。病院では車椅子を押し続け、総ての部所は勿論、何回も何回もトイレに廻る父の体調に合わせ続ける嫁、何と言ってよいか、本当に世話をかける。

診断の結果は良好、歩行、リハビリ続行、動かなければ静物になるとの宣告。

「動かなければ静物になる」との医師の言葉は私に衝撃的で深い感銘を与えた。初めて聞いた言葉であった。

「静物になってはいけない」

「生きているということは　動いていることだ」

そして更に考えた。

「脳の働きを止めてはならない」

「思いを巡らし、考えることを止めない限り、人間は逞《たくま》しく生き続ける」と。

一日を　大切にする　心にて
日々を迎えよ　長寿が映える

逞《たく》ましく　思い巡《めぐ》らし　老いの日を
重ねる果《は》ては　山聳《そび》え立つ

我が長寿　天与の恵み　一日も
無駄にはできぬ　心してゆけ

災禍こそ　天与の良薬　新たなる
境地を開く　心を得たり

大難も　またと得難き　啓示なり
心して日々　転生を期せ

△△△△

時は無条件に過ぎていく。無条件に総てのものを過去にしてしまう。
五、六月の日々は、まさに一瞬の擦過《さっか》のように消えていった。
傍目には退院後の喜びの中で、恙なき無事平穏の日々と映ったであろう。
だが体躯は痛みの巣窟のように、まさに痛み塗《まみ》れの日々であったのだ。
同時にまた、痛みに負けてはならぬと己れを叱咤する日々でもあった。
そしてまた考えるのである。
「生死一如」とは何ぞや。
「生命の極限・その瞬間の認識や如何」

等々愚にもつかぬことを考える。それは或いは自身の生への固執《こしつ》なのかも知れぬ。

或いは怖れからの逃避ではないか。いや逃避ではなく容認なのだとも、勝手な理屈をつけたりもする。

結局は死の形、生の形を追いかけているのである。

△△△△

再び痛みに対す。

全く、この痛みというものは質《たち》が悪い。扱い難《にく》い性悪《しょうあく》の化物《ばけもの》だ。もう何年になるか。我が身を苛《さいな》み始めてから三十年にもなる。この痛み、だが今だにその正体を見せないでいる。

大きな病院での受診も複数にのぼる。だがその診断結果は、概要揃って同じ。

――数値上では異常を認めず、特記することもない――と。

確かに痛みは計測できないのだろう。

目測もできない。顕微鏡でも見えない。

ただ外襲性《がいしゅうせい》の打撃や傷、病には必ず痛みが伴う。痛みは傷と病と一体である。

だが私の痛みは、麻痺、ひきつり、筋骨病など傷や病と一緒にならぬ、全く別途のもの。

痛みという病気なのだろうか。


同じような痛みを抱え、長寿を生きている同僚達よ（私に敢えてこう呼ばせて頂きたい）。皆は如何にこの痛みと対峙し、如何に折り合っての日々を過ごしているのだろうか、と尋ねたいのだ。答えが欲しいのである。

私自身の折り合い方に、何か不足するもの、或いは何か間違いがあったのか、と、痛みに苛まれ続けていると、ふと不安になる。

だが負けてはならぬ。勝っている。だから皆は生きている。私もまだ生きている。

この一点、この一事、何と嬉しく心強いことか。

とに角、心だけは挫《くじ》けちゃならぬ、動ける限り動き、為さねばならぬ、甘えちゃならぬ。

心が負けたら明日は来ないのだと、自分に鞭を当てる。

人生は　忍の一字か　君に問う
痛みを如何に　凌《しの》ぎ耐え居る

身は任せ　時に委《ゆだ》ねて　ひたすらに
痛みよ去れと　祈りいつまで

憑《と》りついて　いつまで絡《から》む　この痛み
正体見せよ　謎の怪物

堂々と　生きよと強く　我れに言い
老いの一日　痛みに負けず

ここでもう一度言おう。

心だけは挫けちゃならぬ。

心が負けたら、明日《あした》は来ない。

気の無いところに成就なし。


ここに、私の詩を披露しよう。

長い間、心の片隅にへばりついていた夢のカケラ達が、どうやら一つの心の風景となったのである。

これは決して人生の逃避ではない。失楽の歌でも、郷愁悲哀の詩でもない。

老いゆく超老人の積極的な楽しみへの挑戦である。

まさに「我れ斯く楽しめり」である。

ふと　前を見て

私はずうっと　前だけ向いて　生きて来た
過去振り返る年令になっても　やっぱり前を向いている
そして何時でも　私の前には人がいた　背中を見せて
そして何時も　誰かと一緒に　生きて来た
人は一人じゃ　生きられない

だが本当に　何処に向っていたのか　判っちゃいない
今だって　何処に向っているのか
前を向いている　その気でいるが
もう私の前には　誰も居ない　何もない
其処に居るのは　一人　私だけなんだ

私が踏んでいるのは　遙か彼方まで
限りなく続く荒野　道もなく　曲がり角も　門もない
目当てになるものなど　何も無い
それでも元気を出して　歩いて行こう
まだ陽射しが残っている　明るいうちに
だが私の前に見せていた　人の背中は既にない

遮ぎるものは何も無く　ただ風ばかり　その音に
運ばれて来るのは　遠い私の過去達ばかり
慌ただしく立ち去った　旅の日々達よ
ささやかな愛の微笑みと　沁み入るような　悔いのかけら達
それらを道連れに　それでも新たな出逢いを求めて

私はやっぱり　前に向って　歩いて行くんだ

私は鳥

昔の日々よ　あまりに遠く
私の心から　言葉はすでに生まれない
過にし日々よ　長い歳月よ
過にし多くの　人々よ
その出逢い達よ
愛する人達よ　有難う
物皆に私は感謝する
心より愛している

私の日々は　一羽の鳥
あの空よ　あの日の山波よ
何処に向って飛んで行ったか
私は鳥　だがその鳥は
　もう飛べないのだろう

老いたる鳥は　休んでいるだけ
眠っているだけ　傷ついているのか
疲労《つか》れているのか
　野末を払う風の音のように
だが鳥はかすかに歌ってる
　調べにならぬ歌だけど
わたしの鳥は歌ってる

未来よ　希望よ　憧れよ
この私の疲労《くた》びれた翼を
　いま一度　いや一度だけでも
　再びの生命《いのち》あらしめ
　　そして　どうぞ
やさしい声で　包んでおくれ

大空よ　大地よ　おお宇宙よ
私の翼を包み　搏《はばた》かせる永遠よ
　いつくしみの歌よ
　とわなる歌よ
わたしも　そして歌うだろう
　高い空に　大きい青空に

深く溶けながら
遠くへ翔んでゆくだろう
光の中に消えながら
私は祈り続けるだろう
自然よ　宇宙よ　おお永遠よ
私は祈り続けるだろう
灼ける夏の終りに

灼ける夏

茜に染まった　黄昏れの夏
灼けた一日が　終わりを告げる

息を停めたような　そのひと時が
何と長い　物語りなのだろう

沈黙だけが　耳をそばだて
静寂の中で　物語りは囁きとなり
人は静かに　その歴史を閉じる
せめてもの名を　石に刻んで

これが人達の　そして僕の全てなのだ
旅に住み　夢を求める人の生命か
得るものも無く　失うものも無く
そこに居るもの　みんな旅人

僕がそこに　佇んでいる
安らぎと一緒に　哀しみも一緒に
過去も　未来も　みんな一緒に
そこに居る　夢も　憧憬れも

暮れなずむ空を走る　光芒一せん
僅かに残っている輝きは
故しらぬ　涙の光りか　旋律か
それが一日の　終わりを告げる

物語りは終わる　哀しく　美しく
みんな終わる　そこに居るもの
物も皆　人も皆

そうだ　終わりは　いつも美しい

△△△△

多くのサプリメント、栄養成分が健康維持成分として機能することは確かであろう。

と同時に一方心が働いて創り出す生命活動が健康醸成に強く機能することも見逃してはいけない。

人間の体は、体躯と心との融合体（心身一体）である。心を忘れてはいけない。

【総て　発動の源は心である】

――初めに　心ありき――

――心があるから　思いが走る――

――思いが　考えを呼ぶ――

――考えは　意思によって働く――

――意思を実行に導くのは魂である――


これでも一応整理して書いた積もりである。だがこれで良いのか、果たして然りであるかは判らない。だが初めに心ありきは真実だ。

魂とは何か――思い重ね、考えを巡らしてきた課題であるが答えは出ない。本来、荒唐無稽な妄想に過ぎないのか。或いは「馬鹿の考え何とやら」と嗤《わら》われるかも知れない。

だが突き詰めてゆくと、何かクラーク博士の「大志」と、安岡博士の「唯その人が有る所のもの」と説いた言葉の真意、更には「心頭滅却すれば」の偈《げ》に気脈が通じているように、更に言えば「人として」の琴線に触れているように思われてならないのである。

二〇二二年七月二十二日（金）——日記——

今日も多くを思う。初めに心ありき、人間は心があるから種々《いろいろ》なことを思い考える。考える力の源《みなもと》は意思、意思を働かせるものは魂だ、魂とは何か、哲学者の答は「判らない」である。

判らないと明言した学者はフランスの某哲学者と聞いたが、実に率直で勇気のある、まさに〝正解〟というべきではないだろうか。

もう一度繰り返して言おう。

人は心と体が融合した心身一体として健康が保たれている。この事は五千日余に亘る厳しい老々介護と一人暮らしの日常の中で、我が身を日々直視し、精査し続け、今日まだ生き続けている、生《なま》の実体験者として申し述べているのである。

思いを深め、痛みにも耐え、考えを大きく働かせることで体の健康が強く支えられるのだと、私は自信を持って叫んでいるのだ。

存命目標――一千日――

時は容謝なく、無頓着に、総てのものを過去にしてしまう。
私の時も、勝手に過ぎ、今日私の年齢は早九十三歳の半ばに達している。
実は丁度去年の今日（二〇二二年八月二十一日）に存命目標――一千日――と、大胆にも自然の摂理に挑んだような、時を限った目標を掲げたのである。
挑むというより、老いの日々を今一度正視し、納得のいく老い方を重ねたいとの一念からであった。その日の日記を見てみよう。

二〇二二年八月二十一日（日）
この日より一千日を生き抜く目標を定める。あと一千日を生き続けよう。俺が総てを受容できる人物として完全確立を終えるまで、ママと約束した「絶対存在」になれる域に達するまでには、あと一千日は必要だ。ママよ、それまで何が何でもパパを支え、護ってくれや。如何に生きればいいか、よくよく考えてな、約束は必ず果たすからな、ママよ、よーく、見ていてくれよ。


よくもまあ、一年前にこんな目標を立てたものよ。今日は思いの丈《たけ》を「人としての目標の値打ち」について語ってみよう。

目標とは夢なのである。

目標は自分を凝視《みつ》める人の胸の中で夢になる。夢は希望を与え、力を生み、生き甲斐を与える。

「目標が価値を生む。

目標は夢なりき」

一千日　学びの時を　与えかし
精進かさね　往生《おうじょう》遂げん

ひたすらに　思いを込めて　成長の
一日たらんと　老いを生きゆく

まだ我れに　見果てぬ夢の　先の日々
与えられしか　願望叶《ねがいかな》うや

人として　恥じぬ残りの　老いの日々
心豊かな　歩み続けむ

さあ、大胆にも一千日目標を掲げた、家内との命懸けの約束である。恰好のよい看板だけでは済まされない。

生きている限り、生き続けねばならぬ、如何にして一日を生きるか、その暮らし方が決め手である。肚を据えただひたすら日々を考えた。

沈思黙考というか、集中に集中を重ねた結果、長寿老人は強くなければいけない。

長寿老人は真の宝物の持ち主である。

そのことに至ったのである。

〔宝物〕
一、誰よりも長い過去を持っている
二、人生の難事を何回も乗り越えてきた知恵と逞しさを持っている
三、今も生きている長寿という天運を持っている

この外に、何を言うことがあろうか、
卒寿を超えた長寿老人達よ、
我れ等は強いのだ、もっと強くなれ、
なれる、ならねばならぬ。

これだけの値打ち物を内に秘めた老人が、真剣に考えを集中し、耕心を重ねると必ず心の中に或る展開が見えてくる。
新たな目標が強くなり明らかになる。それが新たな人生を始動させるのだ。

一人暮らしの日常を生きる友人達よ、
このように考えると自信と、生き甲斐と、楽しみ、喜びが自《おの》ずから湧いてくるではないか。

誰にも遠慮しないでいい
肩身の狭い思いなど、どこ吹く風か
一人立ちしている老人としての
気骨と自覚が自分のものになる
それで老いの日々が楽しくなる
老いの日々は楽しくなければならぬのだ

それが生き甲斐というもの。

そして、それこそが、その生き方こそが「日々己れを持し、己れに勝つことだ」と。

世の人々よ、これが長寿老人の心の姿なのである。「生命《いのち》の本源《ほんげん》」で長寿老人は生きているのだ。是非理解してほしい。

医療、介護に携わる人達よ、皆々様達よ、この長寿者に接する時は仕事であっても、仕事としてではなく人として寄り添い、全力で尽《つ》くす信念と思いやりを注いでほしい。

仕事はその時、完成し、結果が成就する。

衷心よりお願いしてやまない。

△　△　△　△

時が行く、その歩速《ほそく》は少し速くなってきているように感じられる。老いが進んだ故《せい》なのか。

文字通り徒然《つれづれ》なるまま時が過ぎ、季節が移り、年が変わって、アッという間に桜花の季節を迎えた。

令和五年三月三十日（二〇二三年）関東は桜花爛漫《おうからんまん》の時期である。

その日、私は満九十三歳の誕生日を迎えたのである。

今年また　桜花《はな》咲《さ》く毎《ごと》の　誕生日
我れ知らぬ間の　奇跡なりしか

いつまでも　元気でと言う　誕生日
子達の声や　いのち身に沁む

嗚呼《ああ》!!　遙かなり人生、よくぞ生きてきた、よくぞ私のこの長寿。偶然か、奇跡か、また幸運か、或いは勝手に過ぎた時の戯《たわむ》れか、その戯れはまだ続いている、その長い日々への感慨は尽きない。

米寿を迎え、卒寿を超え、そして九十三歳から九十五歳へと、日々挑《いど》み続けている長寿の人々よ、我れ我れは生きている、生きていることが現実なのだ。

人は皆この現実を生き、夫々に人生という作品を残して消えてゆく。

老いたれば　病みたればこそ　見えてくる
何を希《ねご》うか　光り一条

この一条の光こそ「長寿の光」と言えないだろうか。

己《おの》に問い　他人《ひと》に問いかけ　我が歌は
何を求めて　思い募《つの》らす

人生の　奥《おく》の扉を　開き得ず
死とは何ぞと　ただ問うばかり

老いたりと　雖《いえど》も心　凛《りん》として
生《せい》ある限り　吾れ生き抜かむ

一人では　生きてゆけぬが　世の定め
肝に銘じて　肚《はら》すえ給え

さて、今日は二〇二三年八月二十一日。

去年の今日――存命目標・一千日――の自らに目標を掲げた日から三百六十五日が過ぎた。思いもかけぬ、お陰様の健在の日々であった。

そしてその日々は
①　人の一生は学びの日々なり
②　周りの人達への感謝の念
③　報恩と利他の心
に思いを重ねる日々でもあった。


そして今、再び人生を振り返り思う。思えば思う程、如何に多くの人々に恵まれ、恩恵を戴いてきた長寿であったことか、ただただ感謝の念がこみ上げてくる。

そして私の「人生の賦」も、最終章を閉じる日が来ていることを、静かに思うのである。

さあ、私はまだ生きている。しかしここで「残りの日々」を如何に過ごすべきかの思いを纏《まと》めて、次の「五無の戒律」を自らに銘記して、静かに筆を擱《お》くこととする。

五無の戒律

①　忘れもの　　無し　　人生は幻化に似たり
②　失うもの　　無し　　終にはまさに空無に帰すべし
③　欲しいもの　無し　　陶淵明（中国・東晋の詩人）
④　畏怖《こわ》いもの　無し
⑤　悔《く》い　　　　無し

よくよく拳々服膺《けんけんふくよう》し、天寿を全うすべし。

人は皆　生涯かけて　人生の
作品残し　見事消え逝く

老い果てる　その時我れは　晴ればれと
微塵《みじん》も残さず　天涯に消えむ

生涯を　終えるその時　人よ皆
我が事なれりと　胸張り給え

二〇二三年八月二十一日